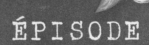

es
ÉCH

ÉPISODE

9

GRAND
MÉCHANT LOUP

« J'aurais adoré lire ces livres
quand j'étais jeune. Ils sont tordants! »

— Dav Pilkey, créateur de *Capitaine Bobette* et de *Super Chien*

Catalogage avant publication de Bibliothèque et Archives Can

Titre: Grand méchant loup / Aaron Blabey ;
texte français d'Isabelle Allard.
Autres titres: Bad Guys in The big bad wolf. Français
Noms: Blabey, Aaron, auteur, illustrateur.
Description: Mention de collection: Les méchants ; 9 |
Traduction de: The Bad Guys in The big bad wolf.
Identifiants: Canadiana 20189063416 | ISBN 9781443176200
(couverture souple)
Classification: LCC PZ26.3.B524 Gra 2019 | CDD j823/.92—dc23

Version anglaise publiée initialement en Australie en 2019,
par Scholastic Australia.

Édition publiée par les Éditions Scholastic, 604, rue King Ouest,
Toronto (Ontario) M5V 1E1 CANADA, avec la permission de
Scholastic Australia Pty Limited.

5 4 3 2 1   Imprimé au Canada 139   19 20 21 22 23

Le texte a été composé avec les polices de caractères
Janson Text Lt Std, Goshen, Shlop, Housepaint, Providence Sans OT
et ITC American Typewriter Std.

· AARON BLABEY ·

TEXTE FRANÇAIS D'ISABELLE ALLARD

Les MÉCHANTS

9

GRAND
MÉCHANT LOUP

BON.
Je sais que ça semble inquiétant…

INQUIÉTANT?!
M. Loup s'est transformé en

MONSTRE DIABOLIQUE INCONTRÔLABLE

de la taille d'un

STADE DE FOOTBALL!

Ce n'est pas juste inquiétant, *chica!* C'est…

... la fin.

On ne peut pas réussir sans Loup.

Sans Ti-Loup,
on n'est... rien.

Ce n'est pas vrai, mon chéri...

Mais oui, c'est vrai!
Avec Loup, **TOUT SEMBLAIT POSSIBLE.**
Sans lui, on est juste une
BANDE DE BANDITS.
Sans lui pour nous montrer
la voie…

… vous vous sentez perdus.
Je comprends. Mais…

Il n'y a pas de mais!

Tu ne peux *rien* faire pour améliorer les choses, *señorita.*

Les **EXTRATERRESTRES** ont envahi le monde.

Loup est trop **GRAND** et

trop *LOCO* pour qu'on l'arrête.

C'est **SANS ESPOIR!**

Avec tout le respect que je te dois

ainsi qu'à la Ligue des héros, *personne au*

monde ne peut arranger la situation!

Quelqu'un pourrait...

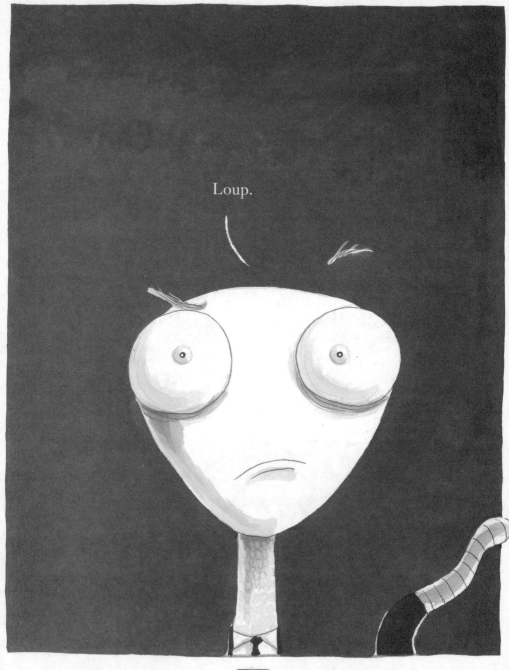

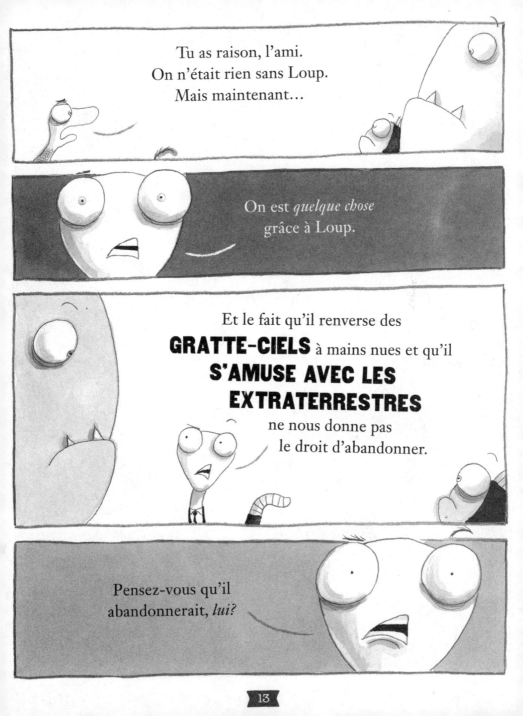

Tu as raison, l'ami.
On n'était rien sans Loup.
Mais maintenant…

On est *quelque chose*
grâce à Loup.

Et le fait qu'il renverse des
GRATTE-CIELS à mains nues et qu'il
S'AMUSE AVEC LES
EXTRATERRESTRES
ne nous donne pas
le droit d'abandonner.

Pensez-vous qu'il
abandonnerait, *lui?*

Ou pensez-vous qu'il ouvrirait sa **GRANDE BOUCHE** pour dire un truc idiot comme…

« Hé, Piranha! Tu es **SUPER RAPIDE**! C'est génial, *hermano!* »

Ou :

« Requin! Tu as une **CAPACITÉ MÉTAMORPHIQUE,** mon ami! Transforme-toi pour nous sortir de ce pétrin! »

Ou :

« Pattes! Qu'est-ce qu'on fait? Tu es le **NON-VÉLOCIRAPTOR** le plus intelligent que je connaisse! »

C'est vrai!

Puis il dirait :
« Êtes-vous en train d'oublier la

LIGUE INTERNATIONALE DES HÉROS? »

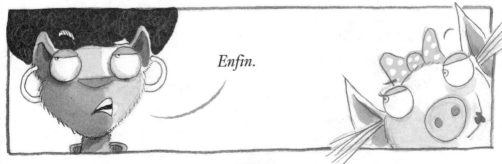

Enfin.

15

« Ils sont **LA CRÈME DE LA CRÈME!** »

C'est vrai.

Et nous aussi!

Hum... non.
Non, ça...
Non.

Laisse-le donc y croire.

Continue, petit!

Alors on ne peut pas abandonner. On doit bien ça à cette andouille qui n'abandonne *jamais*.

On lui doit bien ça.

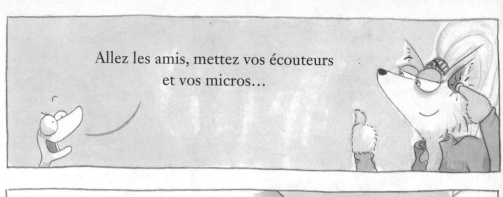

Allez les amis, mettez vos écouteurs et vos micros…

Voici ce qu'on va faire :

LA MOITIÉ D'ENTRE NOUS

va poursuivre

L'OPÉRATION TARENTULE.

Il faut faire entrer notre copain à huit pattes et l'agente Furax dans ce **VAISSEAU-MÈRE.**

Il faut absolument que Pattes

PRENNE LE CONTRÔLE du vaisseau.

C'est la seule façon d'arrêter ces extraterrestres.

La moitié d'entre nous?!
Et que va faire
L'AUTRE MOITIÉ?

L'autre moitié
va participer à
L'OPÉRATION FOURRURE.

Il est temps de
ramener notre
grand copain velu
à la réalité.

• Chapitre 2 •
AU REVOIR

Cet *hombre* est *énorme!*

Tu ne pourras pas
t'en approcher plus que ça.
Quel est ton **PLAN**,
chico?

Ce n'est pas ton problème.

Ton problème, c'est de faire entrer

CES DEUX-LÀ dans le

VAISSEAU-MÈRE.

Bonne chance, les gars.

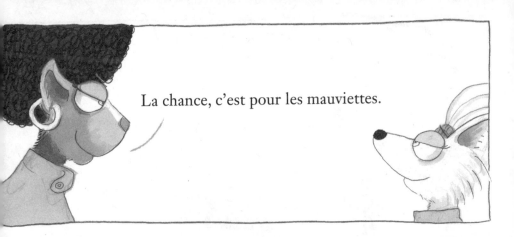

La chance, c'est pour les mauviettes.

OPÉRATION TARENTULE!

Suivez-moi!

Regardez-les! Ne sont-ils pas *merveilleux?*

Alors, quel est ton plan, exactement?

Regardez bien...

Loup,
tu vas obéir
à mes ordres...

Ton plan, c'est de le regarder
LANCER DES AUTOBUS?
Quoi? Tu espères qu'il va finir
par avoir mal aux bras et aller faire
une sieste?

Funeste,
donne-lui une chance.
Essaie encore,
M. Serpent...

NON

*Loup,
tu vas OBÉIR
à mes ordres...*

GROAAAAARRR!!

27

Mes **POUVOIRS MENTAUX** ne fonctionnent pas. Il est **TROP GRAND.** Et il est **TROP LOIN...**

Et tes pouvoirs mentaux ne sont pas très bons non plus...

Arrête ça, Céleste.

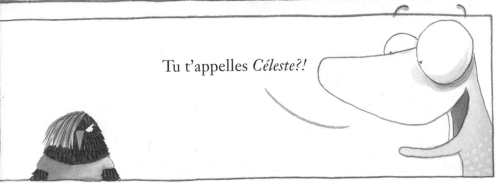

Tu t'appelles *Céleste?!*

Tu vas me payer ça.

Tais-toi donc.

M. Serpent, je crois qu'il faut **DISTRAIRE** M. Loup pour que tu puisses te **RAPPROCHER...**

Quelqu'un a une idée?

• Chapitre 3 •
À LA CHASSE

Bon, *écoutez-moi!*
Ce sale vaisseau extraterrestre a
FAIT EXPLOSER MON AVION.
Alors, il faut s'emparer d'un de ces
PETITS CHASSEURS RAPIDES.
VOILÀ comment on réussira à atteindre
le vaisseau-mère.

Pattes!
Tu vas me montrer
comment piloter un de ces trucs
dans les **DEUX MINUTES**
qu'il nous faudra pour monter
là-haut…

ENSUITE,
Furax et toi monterez dans ce
PROJECTILE…

et je vous projetterai dans le **VAISSEAU-MÈRE.** Puis je ramènerai le reste d'entre nous ici. Des questions?

Euh... oui... je...

Parfait! Alors, **ON Y VA!**

En voici un!

On n'arrivera jamais à s'en approcher. Les extraterrestres sont trop nombreux…

Trop nombreux?!
Tu as devant toi le piranha
qui a vaincu un
TYRANNOSAURE!

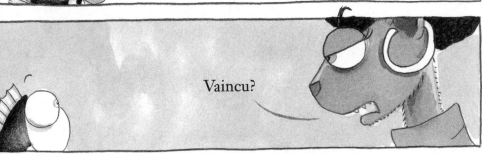

Vaincu?

Je croyais que tu étais
COINCÉ DANS
SA NARINE...

ÇA SUFFIT!
Vous devez
« EMPRUNTER »
CE CHASSEUR
et sauver le monde, *amigos*...

CROUNCH !

N'est-il pas *adorable?*

ATTENDS-MOI, CHÉRI !

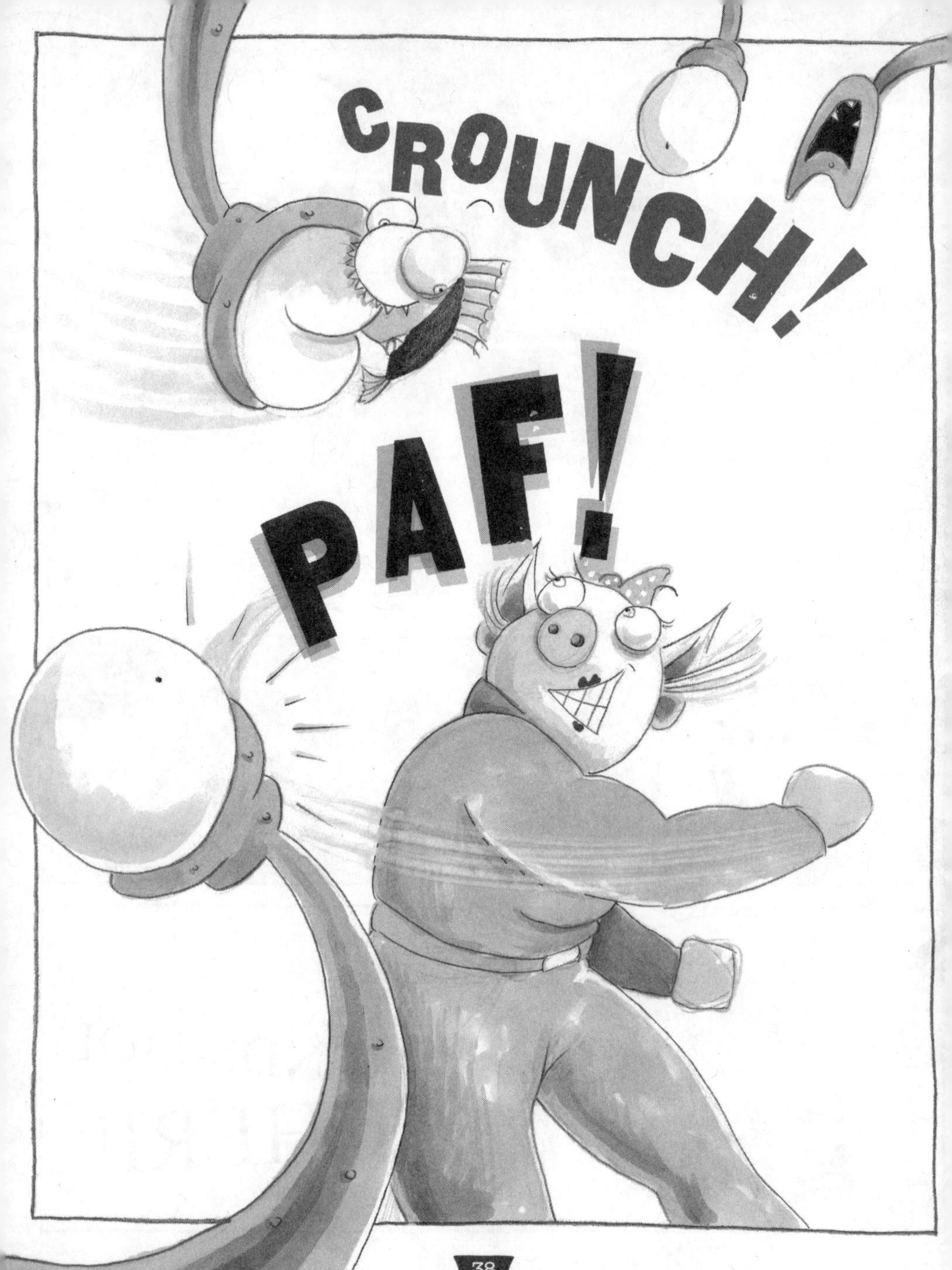
CROUNCH!
PAF!

YIIIII-HA!

HOIK!

CROUNCH!
CROUNCH!

Eh bien,
qu'attendez-vous?
Une invitation?

Allons «emprunter»
ce chasseur…

• Chapitre 4 •
VER D'OREILLE...

M. LOUP!

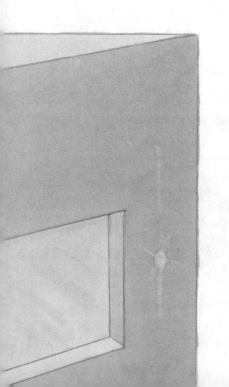

M. LOUP?

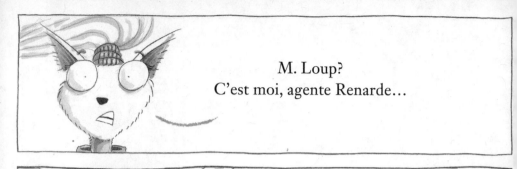

M. Loup?
C'est moi, agente Renarde…

Ça sonne plutôt officiel, non?
Agente Renarde. C'est drôle... je viens
de me rendre compte que...

je ne t'ai jamais dit mon
vrai nom, hein?

Eh bien, il est grand temps que je le fasse.
Permets-moi de me présenter, M. Loup.
Mon nom est...

C'était plutôt ordinaire de
t'avoir rencontré.

Merci, je suis
du même avis.

Essaie de ne pas
mourir.

Oui.
Toi non plus...

Céleste.

Je n'ai plus
RIEN à faire ici.

Merci pour la balade.

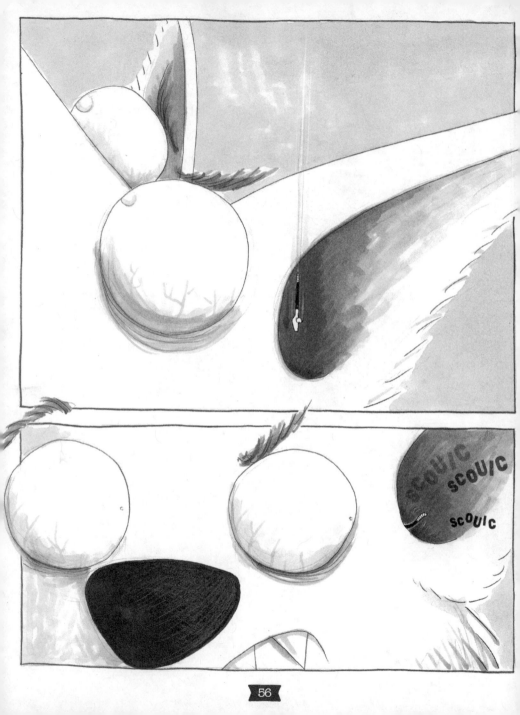

Il est entré!

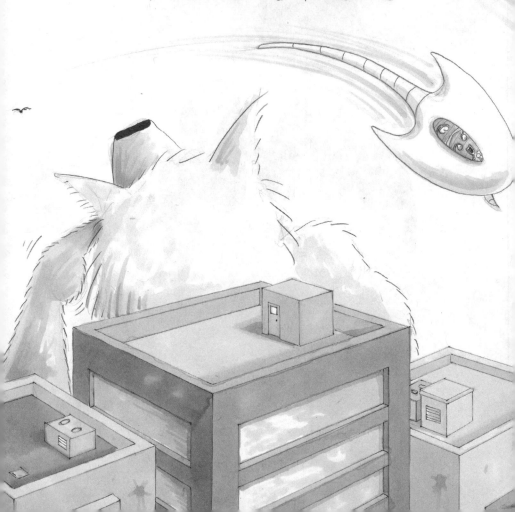

• Chapitre 5 •
OPÉRATION TARENTULE

Pas avec *toi* à bord!

Passe-moi les commandes,

MADEMOISELLE MUFFET.

Mais…
Je ne t'apprends à piloter que
depuis 30 secondes…

Eh bien, sais-tu que…

c'est la **REMISE DES DIPLÔMES**?!

POUSSE-TOI!

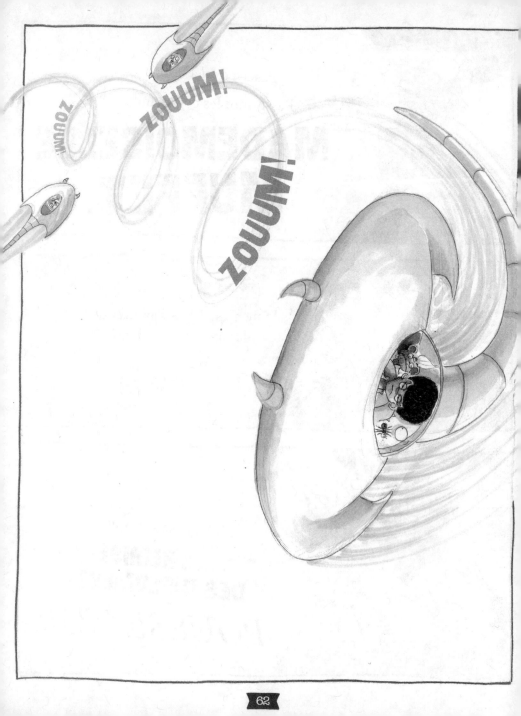

Elle apprend
vraiment vite…

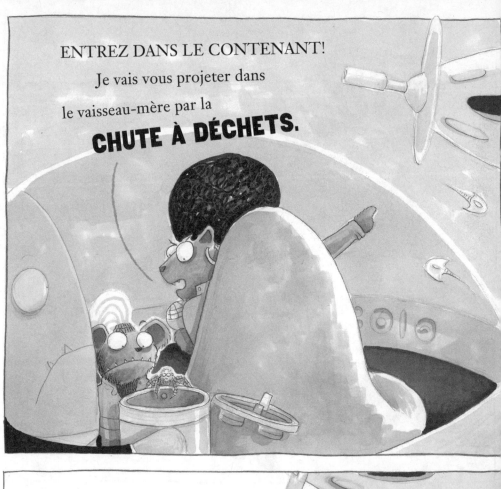

ENTREZ DANS LE CONTENANT!

Je vais vous projeter dans

le vaisseau-mère par la

CHUTE À DÉCHETS.

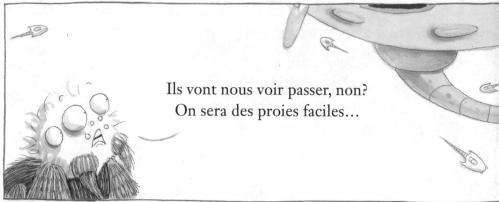

Ils vont nous voir passer, non?
On sera des proies faciles…

Ils ne vous remarqueront même pas, car ils seront trop **ESTOMAQUÉS** par M. Requin. N'est-ce pas, mon gros?

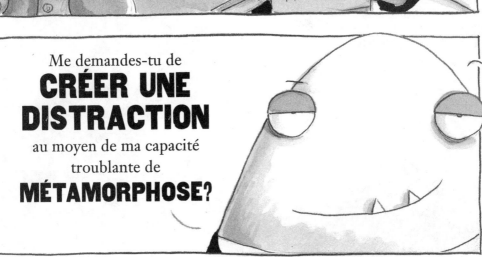

Me demandes-tu de **CRÉER UNE DISTRACTION** au moyen de ma capacité troublante de **MÉTAMORPHOSE?**

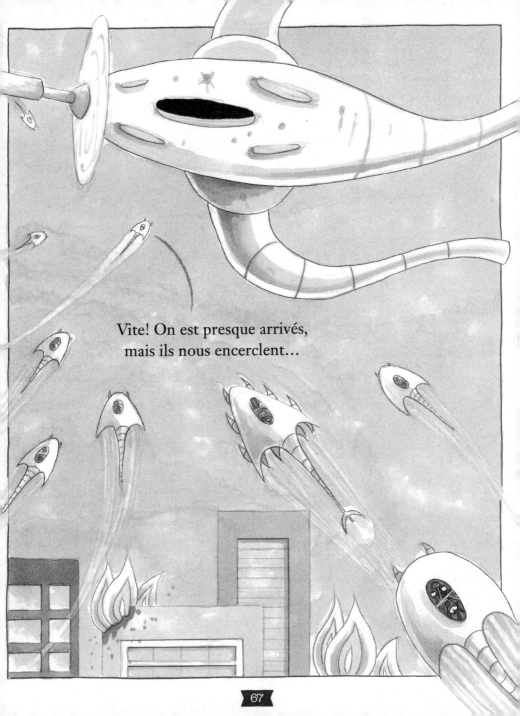

Vite! On est presque arrivés,
mais ils nous encerclent…

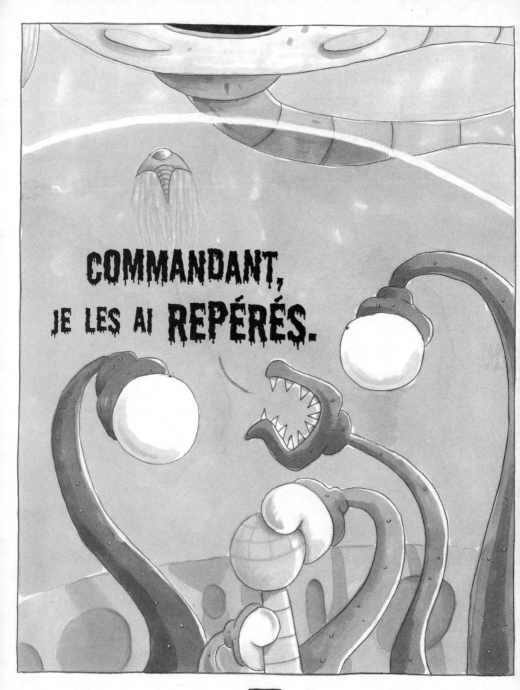

FAIS-LES EXPLOSER!

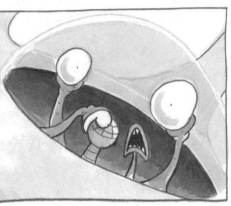

NON, ATTENDS...
QU'EST-CE QUE C'EST?
EST-CE UNE...

UNE QUOI?!

FAIS-LA **EXPLOSER!**

COMPRIS. FEU SUR LA LICORNE À TROIS. UN...

Et c'est parti...

GLOUP!

FOOUUP!

PTOOUUUUUUU!!!

En plein dans le mille.

DEUX...

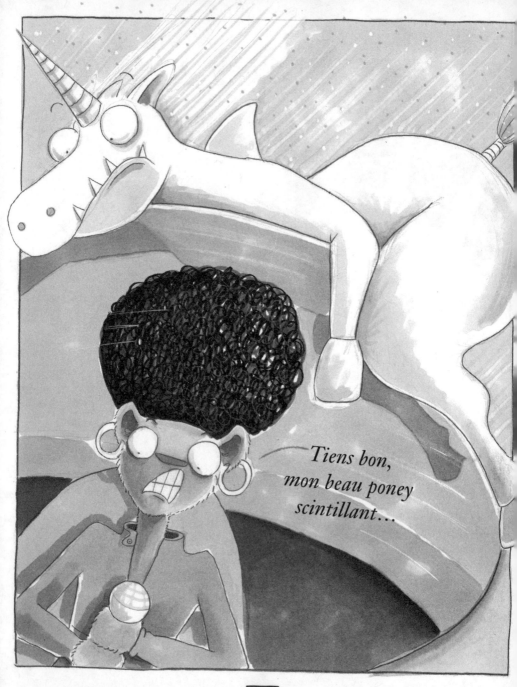

Tiens bon,
mon beau poney
scintillant…

· Chapitre 6 ·

CELUI QUI PARLE AU LOUP

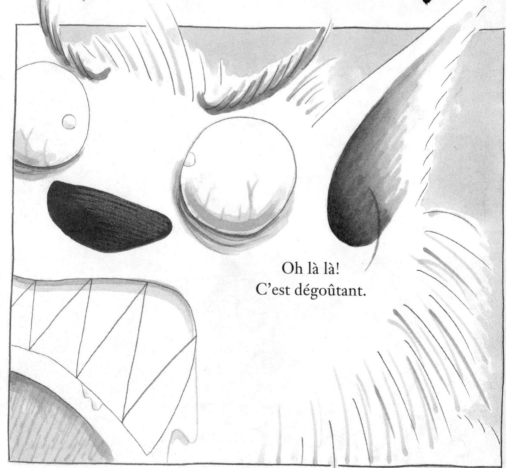

Oh là là!
C'est dégoûtant.

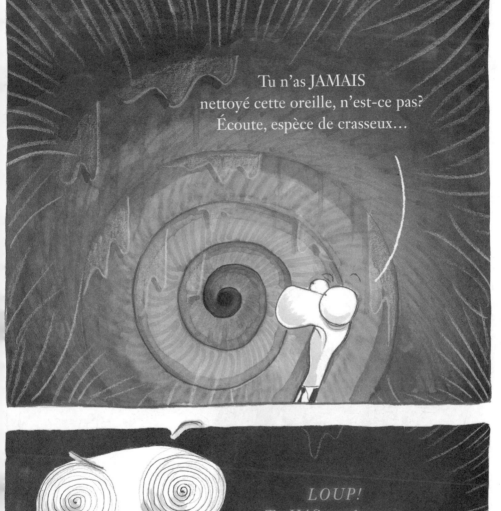

Tu n'as JAMAIS
nettoyé cette oreille, n'est-ce pas?
Écoute, espèce de crasseux…

LOUP!
Tu VAS arrêter ça.
Tu VAS te calmer.
Tu VAS revenir
à la normale.

Tu VAS arrêter ça.
Tu VAS te calmer.
Tu VAS revenir
à la normale.

ALLEZ! ÉCOUTE-MOI!

On recommence…

Tu VAS arrêter ça.

Tu VAS te calmer.

Tu VAS revenir à la normale.

GROOOAARR!!!

BANG!

Ah... ça ne sert à rien.

M. Serpent?
Est-ce que tu m'entends?
CONTINUE!

Je n'y arrive pas…

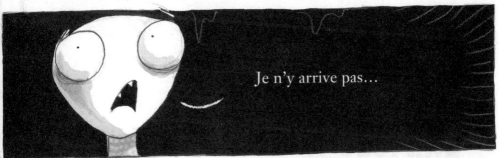

Continue d'*essayer*.
Il le faut.

Désolé de vous interrompre,
mais je crains qu'il y ait un tout petit
PROBLÈME...

Quoi donc?!

Je suis passé à un **CASQUE D'ÉCOUTE** de bien meilleure qualité, parce que les petits **ÉCOUTEURS-BOUTONS** que vous portez tous ne sont pas confortables dans mes **ORIFICES AUDITIFS PRIMITIFS.**

Ce n'était pas évident.

Mais rassurez-vous, ce nouveau casque d'écoute est vraiment de qualité supérieure…

QUEL EST LE RAPPORT?!

Eh bien, voilà...

Ce casque est si sensible qu'il a capté un

AUTRE SIGNAL

provenant de l'énorme tête
de M. Loup.

Quel genre de signal...?

À moins que je ne me trompe
complètement, je soupçonne
qu'il y a

QUELQU'UN

dans son

AUTRE OREILLE.

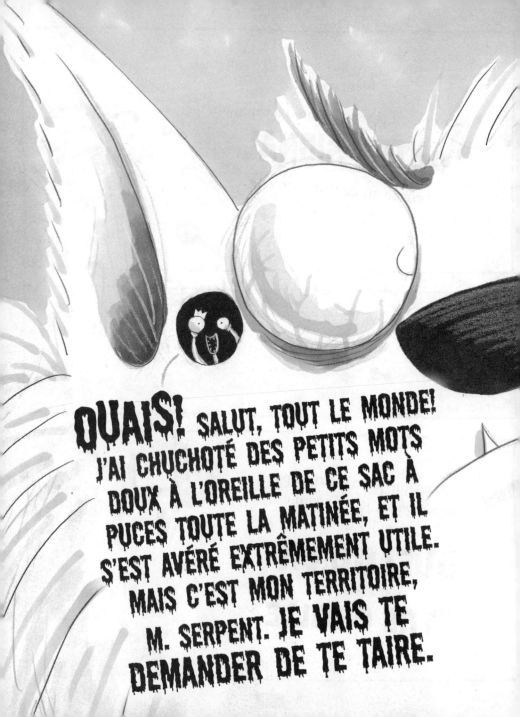

Chapitre 7

QUI A BESOIN DE SUPERPOUVOIRS?

Pas mal, agente Fonceuse.
On forme une bonne équipe.

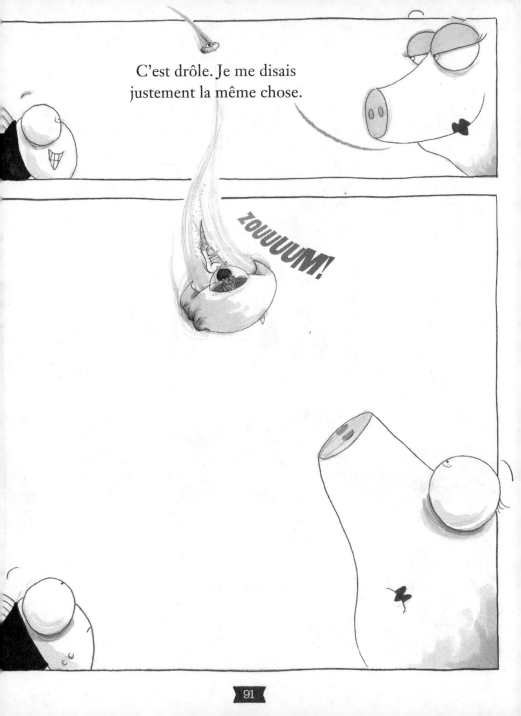

Est-ce que c'est…
UNE LICORNE?!

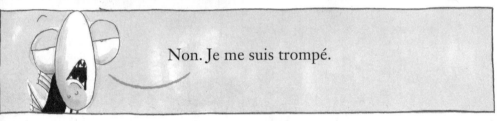

Non. Je me suis trompé.

À L'AIDE!

Ravie de vous revoir, les amis, mais il faut se dépêcher.

RENARDE EST DANS LE PÉTRIN...

Heureusement
que vous êtes là!
Les choses ont pris un
tournant dramatique…

LOUP!
DÉTRUIS!

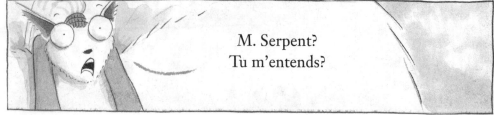

Oublie un instant que tu as des pouvoirs mentaux. Fais comme si tu étais juste ce **BON VIEUX M. SERPENT.**

HEIN?
À quoi ça va servir?!

Comme ça, tu pourras simplement lui parler. Il t'aime. Contente-toi de… *lui parler.*

Mais c'est…

Hé, Loup?

Oui, je te parle, Gros bêta.

Écoute, ça suffit. Je suis plongé jusqu'au cou dans la cire d'oreille,

et ma patience a **DES LIMITES.**

Ce que tu fais est **MAL.** Tu m'entends?

Tu te comportes en **MÉCHANT.**

Et c'est *très* décevant, tu sais.

Alors, pense à nous, pense à toi et

à tout ce que tu as accompli jusqu'ici…

et **ARRÊTE ÇA.**

M. Serpent!
Ne t'arrête pas!
Continue de lui
PARLER!

• Chapitre 8 •
LA CHUTE

M. Loup?
Es-tu…

PLAN B!

CECI DEVRAIT **ACTIVER** LES CHOSES.

CRIEUR

DANGER!
ÉMET DES SONS À HAUTE FRÉQUENCE

PLINK!

CRIEUR

ADIEU, TI-LOUP!!

GAARRRHHH!!!

LOUP! ARRÊTE DE SECOUER LA TÊTE!

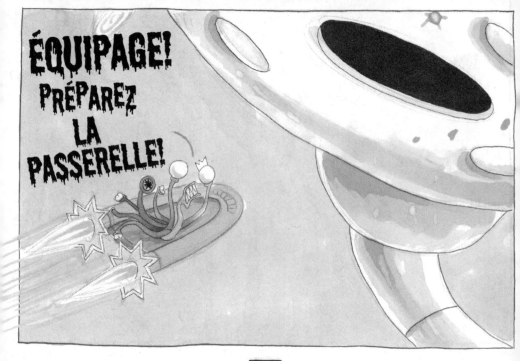

ÉQUIPAGE! PRÉPAREZ LA PASSERELLE!

VOTRE **MAÎTRE** ARRIVE...

ET IL N'EST **PAS CONTENT.**
DÉMARREZ LES LAMES
ET
ATTAQUEZ!

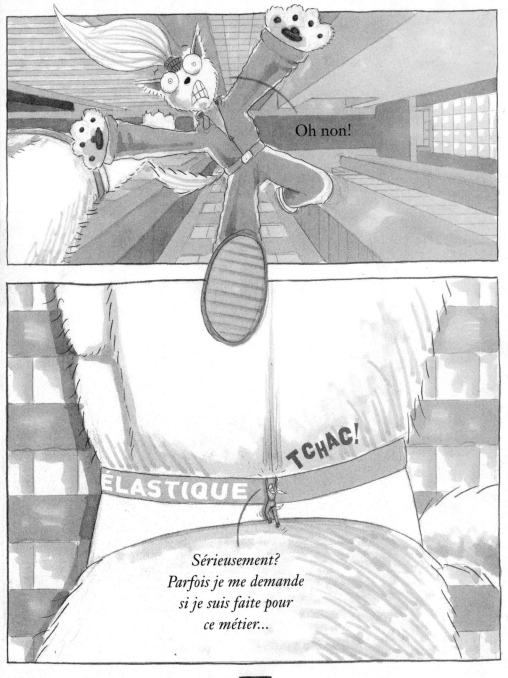

D'ACCORD.

ÉCOUTE, CRÉTIN!

Mais tu es aussi la plus belle chose
qui me soit jamais arrivée.

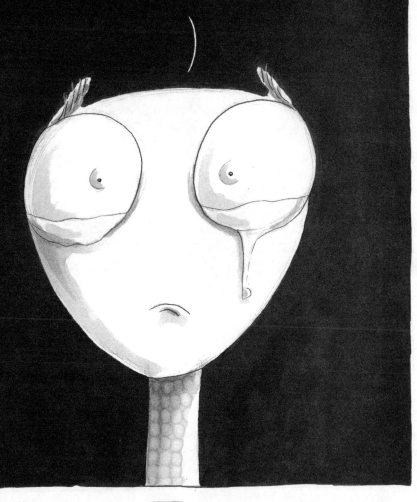

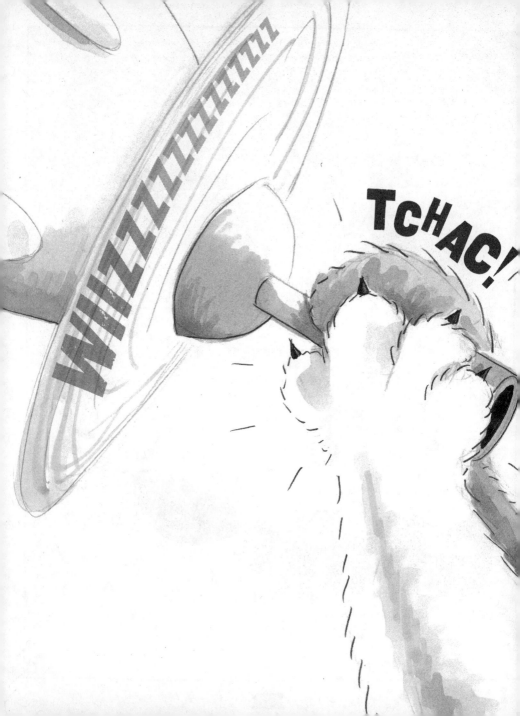

QU'EST-CE QU'IL **FAIT?!**

Il y a plus de turbulences que je croyais à bord de ce vaisseau-mère...

BON. MAINTENANT, **ÇA SUFFIT!**

NOTRE TECHNOLOGIE A **ACCIDENTELLEMENT** DONNÉ À CES **CRÉTINS** UN APERÇU DE NOTRE **POUVOIR....**

MAIS LA PARTIE DE PLAISIR EST **TERMINÉE.** IL EST TEMPS DE LEUR ENLEVER LEURS **JOUETS!**

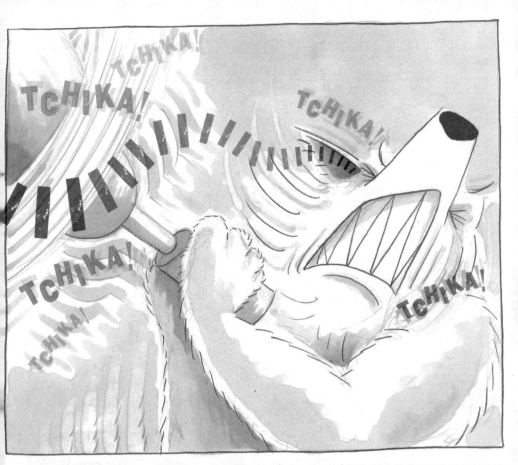

LOUP!
SI TU N'ARRÊTES PAS
DE BOUGER
COMME ÇA,
JE VAIS...

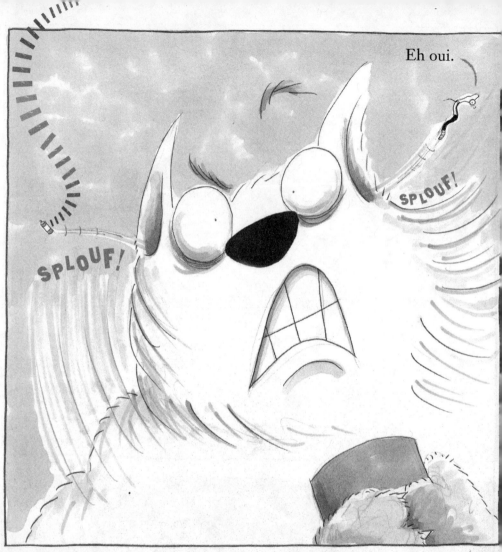

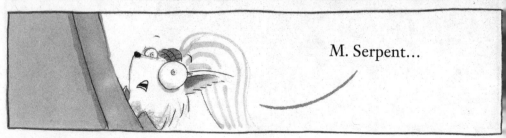

Les gars?

En fait,
je ne suis pas
si chanceux
que ça…

Oh non…

Qu'est-ce qui se passe?
J'ai l'impression de me
faire vider...

Il... extrait... quelque chose...

Tout à coup,
je me sens...
Juste ciel...

M. Loup?!

Oh! M. Loup!
C'est *toi!*

Agente Renarde... Qu'est-ce...
Qu'est-ce que j'ai fait?!

· Chapitre 9 ·
L'HEURE SOMBRE

Ça suffit, Mains-fesses!
Montons là-haut pour
en finir avec lui!

Héééé... une minute!
Ma **SUPER VITESSE**...

a...

... disparu. Comme mon pouvoir.

JE NE PEUX PLUS ME TRANSFORMER.

Il a dû nous enlever nos pouvoirs
avec sa dernière attaque.

Et pourquoi porte-t-il une
COURONNE, tout à coup?

BONNE QUESTION!
VOUS DEVEZ BRÛLER D'ENVIE
DE M'EN POSER PLEIN
D'AUTRES.

ET OUI... J'AI REPRIS VOS POUVOIRS. JE DOIS VRAIMENT VOUS IMPRESSIONNER EN CE MOMENT. ET TOI, VÉLOCIRAPTOR? ES-TU IMPRESSIONNÉ?

SQUARK!

OUI, JE SUIS D'ACCORD. TU ES **BIEN MIEUX** COMME ÇA, M. VÉLOCIRAPTOR. JUSTE UN **GROS** ANIMAL **BÊTE**. COMME VOUS TOUS. ALORS, POUR RÉSUMER...

VOTRE DINOSAURE EST REDEVENU **IDIOT**, VOUS AVEZ PERDU VOS **SUPERPOUVOIRS** ET... HUM... QUEL EST L'AUTRE TRUC, DÉJÀ?

AH OUI! BIEN SÛR...

VOTRE PETIT COPAIN, M. SERPENT, EST PARTI POUR TOUJOURS!

AAAAH!
C'EST LE PLUS BEAU
JOUR DE MA VIIIIE!!

À SUIVRE...

NOOOOON!

Le méchant ne peut pas gagner!

LES MÉCHANTS doivent gagner!

L'épisode que tu attends avec impatience,

le tout dernier de la saga,

L'ÉPISODE 10 DES MÉCHANTS,

arrive BIENTÔT...

Psitt!
Hé! les amis... On est ici...
On est entrés dans le vaisseau-mère.
Les gars?!
Euh... vous m'entendez?!